AF454764

# NOTICE

### DE PLUS DE

# 30,000 ESTAMPES

Qui seront vendues par forts lots

## PAR SUITE DE CESSATION DE COMMERCE

## De M. E. LECHEVALIER

### PREMIÈRE VENTE

#### QUI AURA LIEU

## HOTEL DES COMMISSAIRES - PRISEURS

### RUE DROUOT, 9, SALLE N° 4

#### AU PREMIER ÉTAGE

## *Le Jeudi 2 Octobre 1879*

#### A UNE HEURE PRÉCISE

**Mᵉ MAURICE DELESTRE**, Commissaire-Priseur,
rue Drouot, 27,

Assisté de **M. VIGNÈRES**, Marchand d'Estampes,
rue de la Monnaie, 21, à l'entre-sol,

CHEZ LEQUEL SE DISTRIBUE LA NOTICE

## PARIS — OCTOBRE — 1879

# CONDITIONS DE LA VENTE

---

Au comptant.

Les Acquéreurs paieront CINQ POUR CENT en plus des enchères, applicables aux frais.

| N.os des portefeuilles et paquets | Nombres de pièces | | |
|---|---|---|---|
| 1. | 115 | Statues, bas-reliefs, antiques, | 4 |
| | 150 — | } Académies, antiquités, | 2 . 50 |
| | 200 — | diverses, anciennes et | 3 |
| | 200 — | modernes, S.<sup>t</sup> Aubin | 4 |
| | 200 — | Parier, etc. | 5 |
| | 200 — | S.<sup>t</sup> aubin | 4 |
| | 200 — | | 3 50 |
| | 300 — | | 4 |
| 2. | 175 — | } Étrusques | 7 |
| | 250 — | | 4 |
| | 64 | Bible.. | 4 |
| | 25 | Ornements. Guyot. | 5 |
| | 110 — | Meubles de Binelli, Voitures de Pujin, etc. | 9 |
| | 115 — | anciens. | 7 |
| 3. | 200 — | anciens et modernes. | 2 50 |
| | 230 — | modernes. | 5 |
| | 165 — | anciens et modernes | 5 |
| | 260 — | | 3 50 |
| | 160 — | modernes. | 2 |

|  |  |  |  |
|---|---|---|---|
| 4. | 50 Vues. 18ᵉ S. et mod., très grandes. | 8 | 50 |
|  | 120 — — dᵒ — , grandes. | 4 | 50 |
|  | 35 — anglaises — | 8 | 50 |
|  | 103 — étrangères, très anciennes avec texte au verso ; grandes. | 7 |  |
|  | 53 — très anciennes, graveurs italiens, Architecture, monuments. | 1 | 50 |
|  | 76 — diverses étrangères. | 11 |  |
|  | 100 — — | 20 |  |
| 5. | 168 — lithog. in-fol. | 5 | 50 |
|  | 32 Batailles, de l'Empire | 10 |  |
|  | 30 — | 13 |  |
|  | 50 — | 16 |  |
| 6. | 64 Vues, diverses, lithog.: Espagne, etc. | 11 |  |
|  | 30 — pittoresques en Russie. | 7 |  |
|  | 97 — diverses lithog. | 3 | 50 |
| 7. | 200 Architecture, très anc. et mod. | 3 |  |
|  | 130 — | 10 |  |
| 8. | 155 Vues, Monuments. Paris et environ | 8 |  |
|  | 220 — France et Algérie | 9 |  |

Viy

| | | |
|---|---|---:|
| 9. | 200 Vues. Étrangères. | 5 |
| | 200 ——— ——— | 3 50 |
| 10. | 200 ——— ——— anglaises. | 4 |
| | 200 ——— ——— | 4 50 |
| 11. | 200 ——— ——— | 2 50 |
| 12. | 150 Lithographies, Sujets divers. | 2 50 |
| | 150 —— | 5 |
| | 200 —— | 2 50 |
| | 150 —— | 2 50 |
| | 140 —— | 3 50 |
| | 32 Cahiers. Écriture. | 4 |
| | 3 —— Rois de France. | 2 |
| | 7 —— voyages, vues. | 6 50 |
| | 4 Albums. Meubles coloriés, Lavater, vues, etc. | 5 |
| | 4 —— Impératrices romaines; Histoire du Poussin, de Guillaume III, Religions du monde. | 6 50 |
| | 14 —— divers. | 3 50 |
| | 7 Cahiers. Flaxman, Étex, Rhodes, etc. | 12 |
| | 7 —— Ballades allemandes... | 2 |
| | 5 Albums d'illustrations typographique | 1 50 |

| 13. | 150 Pièces diverses déchirées. | | 31 | |
|---|---|---|---|---|
| 14. | 200 ——————— | | 30 | |
| 15. | 200 et plus ——————— | | 17 | |
| 16. | 200 Architecture Traits. | | 12 | |
| | 275 ——————— | | 4 | |
| 17. | 150 Études de paysages. lithog. | | 5 | 50 |
| | 150 ——————— | | 6 | 50 |
| | 150 ——————— | | 6 | 50 |
| | 140 Dessins. Académies d'hommes, noir et sanguine. | | 7 | |
| 18. | 120 Architecture, Monuments. | | 4 | |
| | 150 ——————— Détails | | 4 | |
| | 140 ——————— ——————— | | 5 | |
| | 300 Animaux divers: Faune française. | | 2 | 50 |
| | 310 ——————— De Sève. | | 6 | |
| | 430 Fleurs et fruits. noir et couleur. | | 11 | ...V. |
| | 188 Oiseaux et autres gravés et lithog. | | 6 | |
| | 600 Histoire naturelle. Bénard direxit | | 3 | |
| | 600 ——————— ——————— | | 3 | |
| | 70 Diverses anciennes | | 7 | |
| | 70 ——————— | | 4 | |

| Lot | Qté | Description | Fr. | c. |
|---|---|---|---|---|
| 19. | 90 | Bas-reliefs, antiques, frises. | 8 | |
| | 90 | ——————— ——————— | 7 | |
| | 100 | Sujets religieux. anciens. | 7 | |
| 21.... | 65/80 } 145. | Doctrine des mœurs, fig. dans texte. | 4 | 50 |
| | 140 | Sujets religieux. anciens. | 2 | |
| | 140 | ——————— ——————— | 2 | 50 |
| 20. | 140 | Ancien : Mythologie, etc. | 5 | |
| | 150 | ——————— ——————— | 2 | 50 |
| | 250 | Divers anciens | 5 | 50 |
| | 110 | Fables de Lafontaine, Amour divin (modernes) | 2 | |
| | 65 | Sujets religieux, eaux-fortes italiennes et école. | 1 | 50 |
| 21. | 175 | Tardieu : Ancien et nouveau Testament | 4 | 50 |
| | 63 | Gillot : Histoire du Christ. | 1 | 50 |
| 22. | 100 | Sujets religieux. École flamande | 3 | 50 |
| | 200 | ——————— anciens divers | 5 | 50 |
| 23. | 200 | ——————— ——————— | 3 | |
| | 300 | ——————— ——————— | 5 | 50 |
| | 70 | Saints et Saintes, modernes, Av.t P.P. | 3 | 50 |
| 24. | 112 | ——————— ——————— | 6 | 50 |
| | 130 | ——————— ——————— | 2 | 50 |

| | | | | |
|---|---|---|---|---|
| 24. | 110 | Principes de dessin, Sanguine | 7 | |
| | 104 | —— Têtes sanguine. | 13 | |
| | 92 | —— Ornements noir et Sanguine. | 3 | |
| | 107 | —— et Têtes, noir. | 6 | 50 |
| 24 bis. | 360 | Antiques, Statues, bas-reliefs. | 3 | 50 |
| 25. | 64 | Caricatures. Mayeux. | 13 | |
| | 100 | ———— Cham, Traviès | 8 | 50 |
| | 94 | ——— Scheffer: ce qu'on dit et ce qu'on pense, etc. | 10 | |
| 26. | 100 | ——— Encore des ridicules, etc. | 5 | 50 |
| | 100 | ——— Miroir caricatural | 11 | |
| | 105 | ——— | 5 | 50 |
| | 94 | ——— Beaumont et autres | 6 | |
| 27. | 100 | ——— | 10 | |
| | 100 | ——— | 4 | 50 |
| | 100 | ——— | 4 | |
| | 100 | ——— | 6 | |
| | 100 | ——— | 7 | |
| | 150 | ——— (environ) | 2 | 50 |
| | 256 | Costumes divers. | 7 | |
| | 60 | Sujets religieux. Lithog., Grands | 12 | |

| N° | Qté | Désignation | Francs | Cent. | |
|---|---|---|---|---|---|
| 28. | 50 | Sujets religieux. | 6 | | |
| | 50 | ——————— | 4 | 50 | |
| | 105 | Cartes diverses, France, etc. | 5 | | Viry |
| | 38 | —— Environs de Paris. | 8 | 50 | |
| | 30 | —— Plans de villes de France. | 7 | 50 | Vry |
| 29 | 38 | —— ——————— étrangères. | 1 | | |
| | 50 | Tableaux anciens. | 3 | 50 | |
| | 19 | ——————— modernes. | 4 | | |
| | 40 | Jeux de l'oie, de dames, divers. | 6 | | |
| | 42 | Batailles : Leclerc. | 4 | 50 | |
| | 31 | ——————— d'Alexandre | 4 | | |
| | 55 | ——————— R. de Hoghe, Rigaud, etc. | 18 | 50 | |
| | 30 | ——————— (Grandes) Siècle Louis XIV. | 1 | 50 | |
| 30. | 49 | —— Sujets historiques militaires. | 9 | | |
| | 25 | Don Quichotte et Ragotin | 14 | 50 | |
| | 108 | Sujets gracieux. | 27 | | |
| | 78 | Sujets divers. | 10 | | |
| | 100 | ——————— | 8 | | |
| | 100 | Têtes de femmes (Grandes) Grevedon et autres. | 9 | | |
| | 100 | —— Lithog. | 3 | | |

| N° | Qté | Désignation | fr | c |
|---|---|---|---|---|
| | 100 | Têtes Lithog. | 3 | 50 |
| 31. | 146 | — — | 5 | |
| | 53 | — — Seigneurs et dames des cours de france, etc. | 6 | |
| | 48 | — (Jolies) manière noire. | 5 | 50 |
| 32. | 100 | Photographies. Sujets gracieux, de genre, 18e Siècle. | 13 | |
| | 92 | — Monuments et détails. | 8 | |
| | 100 | — diverses. | 5 | |
| 33. | 91 | — paysages et vues | 25 | 50 |
| | 100 | — diverses. | 10 | |
| 34 | 166 | Meubles et Objets de Goût. | 6 | 50 |
| | 58 | Voitures de Luxe. | 9 | |
| | 112 | Meubles, modernes. | 2 | 50 |
| | 232 | Modèles de tapisseries. | 9 | |
| 34 bis. | 445 | planches de médailles. | 4 | 50 |
| 35 | 200 | Paysages: Perelle, Pérignon, Robert, Cazin, Dujardin, | 4 | 50 |
| | 200 | — } Dunouy, Cabel, Dietricy, Herolter. | 5 | 50 |
| | 150 | — divers. | 4 | 50 |
| | 150 | — — | 5 | |
| | 200 | — | 2 | 50 |

| N° | Quantité | Désignation | fr. | c. |
|---|---|---|---|---|
|  | 200 | Paysages | 3 |  |
| 36 | 200 | — | 2 |  |
|  | 200 | — | 3 |  |
|  | 200 | — | 4 |  |
|  | 100 | Lithographies. Sujets divers. | 3 | 50 |
| 37 | 100 | — — | 5 |  |
|  | 300 | — petits — | 7 |  |
|  | 200 | — — | 1 | 50 |
|  | 200 | — — | 2 | 50 |
| 38 | 200 | — — | 3 |  |
|  | 270 | — Paysages : Bacler d'Albe, Bourgeois, etc. | 5 |  |
|  | 200 | Étrusques. Traits, et coloriés. | 6 | 50 |
|  | 266 | — | 3 |  |
| 39. | 75 | Lithographies. Sujets divers. | 9 | 50 |
|  | 75 | — | 8 |  |
|  | 90 | — | 3 | 50 |
| 40 | 130 | Paysages, lithog. | 4 |  |
|  | 209 | Lithographies. Sujets divers. | 5 |  |
| 41. | 75 | — Chevaux et animaux divers | 5 | 50 |
|  | 125 | — — | 3 |  |

| Lot | Qté | Désignation | Prix | |
|---|---|---|---|---|
| 42 | 165 | Modèles d'écritures, manusc. sur papier | 1 | |
| | 75 | ———————————— s/parchemin | 3 | 50 |
| 42 bis. | 440 | Animaux divers anciens | 6 | |
| 43 | 200 | Costumes modernes | 2 | |
| | 200 | ———————— ———— | 8 | 50 |
| | 325 | ———————— ———— | 3 | |
| 43 bis. | 200 | ———————— anciens. | 8 | 50 |
| 44 | 300 | ———————— ———— | 3 | |
| | 300 | ———————— ———— | 3 | |
| 45. | 456 | ———————— religieux. | 4 | 50 |
| 46. | 350 | Sujets religieux. Imageries | 2 | |
| | 300 | ———————— ———— | 1 | 50 |
| | 280 | ———————— ———— | 2 | 50 |
| | 129 | Empereurs romains, médaillons in 4° | 1 | 50 |
| | 210 | ————————, antiques. | 1 | 50 |
| | 200 | Portraits divers anciens | 4 | |
| | 200 | ———————— | 5 | |
| | 200 | ———————— | 2 | 50 |
| | 300 | ———————— | 5 | |
| | 300 | ———————— | 4 | 50 |

| 47. | 300 | Portraits divers anciens | 4 |  |
| | 300 | ——————————— | 3 | 50 |
| | 190 | Rois de France, Odieuvre, Desrochers. | 3 | 50 |
| 48 | 320 | ——————— anciens. | 4 |  |
| | 147 | ——————— Larmessin et autres. | 3 | 50 |
| | 250 | plus de 250 | 17 | 50 Vay |

# DÉSIGNATION

**Statues** : Bas-Reliefs, Antiques, Académies, anciennes et modernes; Frises.

**Ornements** : Guyot, Meubles de Binelli, Voitures de Pujin, etc.

**Vues** : anglaises, étrangères, Monuments, gravées et lithographiées; pittoresques en Russie; Paris et environs, France et Algérie.

**Architecture**.

**Batailles** de l'Empire et autres; Leclerc; d'Alexandre; R. de Hooghe; Sujets militaires.

**Lithographies** diverses.

Études de paysages lithographiés.

**Dessins**. Académies noir et sanguine.

**Animaux** divers : Faune française, Chevaux lithographiés.

**Fleurs** et **Fruits** noir et couleur.

**Oiseaux**, etc., gravés et lithographiés noir et couleur.

**Sujets religieux** : anciens et modernes; Eaux-fortes italiennes; ancien et nouveau Testament, Tardieu; Saints et Saintes.

**Principes de dessin** : Têtes sanguine; Ornements noir et sanguine.

**Caricatures** : Mayeux, Cham, Traviès, Scheffer (Ce qu'on dit et ce qu'on pense), Miroir caricatural, Beaumont et autres.

**Costumes** anciens et modernes, religieux et civils.

**Cartes de France**, environs de Paris; Plans de villes, de France et d'étranger.

**Jeux** de l'oie, de dames.

**Sujets gracieux.**

**Têtes de femmes**, de Grevedon et autres, lithographiées; jolies Manières noires.

**Photographies**. Sujets gracieux, de genre; Monuments et détails; Paysages, Vues.

**Meubles et Objets de goût** : Voitures de luxe.

**Meubles** modernes.

Modèles de tapisseries.

**Paysages** : Perelle, Pérignon, Robert, Cazin, Dujardin, Dunouy, Weirotter.

**Empereurs romains**, médaillons in-4.

**Portraits** anciens.

Vᵉˢ Renou, Maulde et Cock, imprˢ de la Cⁱᵉ des Commissaires-Priseurs, rue de Rivoli, 144.          99803

Honoraires 10 %                    120